지금도 기다릴까

지금도 기다릴까

1판 1쇄 : 인쇄 2019년 02월 15일
1판 1쇄 : 발행 2019년 02월 20일

지은이 : 유양업
펴낸이 : 서동영
펴낸곳 : 서영출판사

출판등록 : 2010년 11월 26일 제 (25100-2010-000011호)
주소 : 서울특별시 마포구 성미산로 187, 아라크네빌딩 5층
전화 : 02-338-7270 팩스 : 02-338-7160
이메일 : sdy5608@hanmail.net

그 림 : 유양업
디자인 : 이원경

ⓒ2019유양업 seo young printed in seoul korea
ISBN 978-89-97180-81-3 04810
ISBN 978-89-97180-00-4(set)

지금도 기다릴까

유양업 시조화집

2019·서영

유양업 시인의 첫 시조화집 출간을 축하하며

유양업 작가는 한실문예창작에서 시 창작 훈련을 받아 시인으로 문단 데뷔하여 자신의 삶과 세계관을 이미지와 낯설게 하기로 곱게 빚어낸 첫 시집 〈오늘도 걷는다〉를 펴낸 바 있다. 그 후로 미국을 다녀와서, 다시 1~2년 남짓 탐스런 문학회에서 수필 창작의 담금질을 통해 수필 부문 신인문학상을 받아 수필가로도 등단했고, 작가 내면의 여러 색깔을 마치 고백하듯 써 내려간 서술 문장의 아름다움을 만나게 해주고 있는 수필집 〈바람 따라 구름 따라 별빛 따라〉를 발간했다. 이어 시조 시인으로도 등단하여, 이번에는 품격 높은 시조화집 〈지금도 기다릴까〉를 세상에 내보내게 되었다.

지금까지 행복 나눔 문학상, 향촌 문학상 수필 부문 대상, 지구사랑 문학상, 용아 박용철 백일장, 한화생명 문학상 등의 문학상을 수상한 유양업 작가는 아름다움 그 자체이다. 성격, 성품, 목소리, 행동, 그 어느 것 하나 아름다움이 아닌 게 없다. 살아온 행로도 그만큼 아름답다.

그녀는 신학대학과 기독음대 성악과를 거쳐 캘리포니

아 유니온 유니버스티 음악 석사 과정을 수료했다. 그리고 목사인 남편과 함께 러시아 모스크바로 날아가 선교사 겸 장신대 교수로 여러 해를 보냈다. 이어 싱가포르에서 선교사로 수년간 지내다가 귀국하여, 지금은 화가이자 시인이요, 수필가이자 시조 시인으로 집필 활동을 왕성하게 펼치고 있다.

유양업 작가는 맨 처음 만날 때부터 시집, 수필집, 시조화집을 연달아 펴내기까지 그 창작 열정이 변함이 없었다. 순진무구한 마음밭, 차분한 말솜씨, 또박또박 끝맺음하는 목소리, 고음도 부드럽게 처리하는 노래 실력, 항상 자기보다 남부터 배려하는 마음, 말꼬리마다 낭군에 대한 고마움 표시, 택시를 타고서라도 문학 수업에 늦지 않으려는 지극한 정성, 시뿐만 아니라 수필, 시조까지 넘나드는 문학 열정, 옷 패션에도 신경을 쓰는 어여쁜 감성, 이 모든 게 조화롭게 유양업 작가의 멋을 창출해 내는 게 아닌가 싶다.

성실하고 부드럽고 착한 성품의 여인, 성악가 출신답게 노래도 잘 부르는 사람, 오로지 낭군 한 분만을 사랑하는 현모양처, 말 한마디도 예의에 어긋남이 없는 우아한 여성, 이미지 시를 잘 쓰는 시인, 책 한 권 분량의 기행문을 몇 달 만에 내리 써내는 인내의 수필가, 한국인답게 시조의 율격을 지극히 사랑하고 아끼는 시조 시인, 아주 오랜 세월 기독교 복음을 위해 인생을 바친 선교사, 틈나는 대로 그림을 그리는 화가, 패션 감각이 유달리 섬세한 예술가, 이렇듯 그녀에게 따라붙는 수식구가 한두 가지가 아닐 정도로, 멋쟁이 작가이다.

자, 그러면 유양업 시인이 펼치고 있는 시조의 세계는 어떠할까, 지금부터 재미난 탐구를 시작해 보도록 하자.

> 이팝꽃 꽃잎처럼 고웁게 흩날리어
> 기다림 두께만큼 소복이 쌓이면서
> 말갛게 피어난 설렘 눈부시게 빛난다.
>
> — [첫눈] 전문

이 시조에서의 시적 화자는 첫눈과 이팝꽃 꽃잎을 직유법으로 연결시켜 놓고 있다. 첫눈이 마치 이팝꽃 꽃잎처럼 곱게 흩날리고 있는 모습을 바라보며, 회상에 잠기고 있다. 기다림의 두께만큼 소복이 쌓이고 있는 첫눈. 사랑하는 님을 기다리고 있는 해맑은 마음이 선명히 보이는 듯하다.

얼마나 오랫동안 기다렸기에 저토록 소복이 쌓이는 첫눈 같을까. 그 세월, 그 기다림, 그 그리움, 그 사랑이 애틋하다. 그러나, 시적 화자의 마음은 어둠으로 치닫지 않는다. 오히려 말갛게 피어난 설렘으로 다가온다. 그 설렘은 눈부시게 빛나면서, 독자의 마음을 포근히 감싸 준다. 이 순간, 시적 화자도 독자도 다 함께 눈부시게 빛나는 세

지금도 기다릴까

상, 아름답게 첫눈 오는 정경, 어둡지 않고 활짝 희망차게 펼쳐 나갈 미래를 가슴에 안게 된다. 그 느낌이 행복으로 안내하고 있다. 이게 바로 유양업 시인이 바라는 시 창작의 존재 이유, 시적 형상화의 방향이 아닐까.

> 몰려온 바람결도 날개 편 갈매기도
> 해종일 그리워서 소롯이 출렁이며
> 조약돌 긴 기다림도 철썩이는 뱃머리
>
> 휘감는 흰 물보라 추억을 만끽하며
> 수평선 넓은 가슴 흰구름 끌어안고
> 연분홍 애틋한 사랑 넘실대네 저 멀리
>
> 뱃머리 가물가물 속삭임 미소 짓고
> 갯내음 비릿한 향 수놓은 모래사장
> 불타는 노을 붙잡아 아련하게 거니네.
>
> — [바다] 전문

이 시조에서의 시적 화자는 바닷가에 서 있다. 그리고 몰려오는 바람결, 날개 편 갈매기, 출렁이는 파도, 구르는 조약돌, 철썩이는 뱃머리, 흰구름 끌어안은 수평선, 갯내음 나는 모래사장, 불타는 노을을 바라보고 있다. 그러면서 사물에 시적 화자의 내면을 이입시켜 놓고 있다.

유양업 시인의 첫 시조화집 출간을 축하하며

바람결도 갈매기도 조약돌도 뱃머리도 긴 기다림을 껴안고 있다. 그것도 해종일 그리워하면서. 물보라는 추억을 만끽하고 있고, 수평선은 애틋한 사랑으로 넘실대고 있다. 뱃머리 속삭임은 미소 짓고 있고, 갯내음 수놓은 모래사장은 노을이랑 함께 아련하게 거닐고 있다. 이 얼마나 아름다운 정경인가. 이미지 구현으로 이뤄진 시조의 세계가 얼마나 멋스러운지를 여실히 보여 주고 있다. 미적 가치의 그릇에 담겨진 이미지가 시조의 품격을 한층 더 높여 주고 있다.

솔바람 걸어 다닌 자욱한 안개밭에
섬섬히 떠오르는 빛바랜 자리마다
가슴에 뜨거운 사랑 붉은 숨결 내뿜네.

- [일출] 전문

이 시조에서의 시적 화자는 일출을 바라보며 펼쳐진 그림을 시조의 여백에 담고 있다. 자욱한 안개밭은 솔바람이 걸어 다니고 있다. 시각 이미지(자욱한 안개밭)와 청각 이미지(솔바람 걸어 다닌)의 만남이 조화롭다. 솔바람이 걸어 다니는 안개밭으로 독자를 이끄는 솜씨가 부러울 정도다. 섬섬히 떠오르는 빛바랜 자리, 그 자리는 고달픈 시적 화자의 인생인 듯하다. 그런데도 슬프거나 어둡지 아니하다. 그 자리, 그 가슴에 뜨거운 사랑이 붉은 숨결을 내뿜고 있기 때문이다. 어둠과 슬픔과 한탄이 스며들 겨를이 없다. 또 그럴 만한 빈틈도 없어 보인다. 오로지 밝게 내딛는 사랑의 숨결만이 존재할 뿐이다. 이게 시적 화자의 인생관이요, 세계관이 아닐까. 삶에 있어서 역경과 고난과 시련이 문제가 아니라, 그걸 극복하고 새날을 뜨거운 사랑처럼 맞이하는 자세가 더 중요하지 않겠는가, 이렇게 강조하고 있는 듯하다.

연초록 싱그런 잎 속앓다 불태우고
긴 꽃대 목 내밀어 가르르 떠는 꽃술
그리움 붉게 일렁여 꿈의 불꽃 밝혔네

애절히 사연 담아 풋사랑 하고파라
못 잊을 님의 눈물 서러움 토해내고
비단빛 사랑의 향기 가슴속에 품었네

푸른 잎 어데 있나 붉은 꽃 어데 있나
사랑의 숨바꼭질 못 이룬 슬픈 인연
서로를 그리워하네 애달프다 불꽃아.

- [상사화] 전문

이 시조에서의 시적 화자는 상사화를 자아처럼 관찰하고 있다. 싱그런 연초록 이파리, 긴 꽃대, 목 내민 꽃술을

9

눈여겨보다가 자신의 사랑을 떠올린다. 속앓다 불태우는 사랑, 붉게 일렁이는 그리움, 애절히 사연 남긴 풋사랑, 못 잊을 님의 눈물, 서러움 토해 냈지만 가슴 속에 깊이 품은 비단빛 사랑의 향기, 이루지 못해 슬픈 인연, 서로를 그리워하지만, 열매 맺지 못한 애달픈 불꽃, 이를 시적 화자는 사랑의 숨바꼭질로 해석하고 있다. 비록 이루지는 못했지만, 여전히 가슴과 영혼을 아름답게 장식해 주는 사랑의 숨바꼭질, 보드랍고 향긋한 마음이 시적 형상화 되어, 독자의 가슴을 훈훈하게 해주고 있다.

붓 숨결 곡선 그려 그리움 번져 가며
살포시 빈 맘 열어 수줍음 한줌 담아
흰 여백 사랑 속삭여 맑은 고백 펼치네

해맑은 상념 담아 그리움 적시면서
설레인 순백 미소 눈 속에 가득 넣어
은은히 너울댄 빛깔 서심 그려 띄우네.

- [서예] 전문

이 시조에서의 시적 화자는 서예에 대한 애정 어린 시선을 갖고 있다. 붓 숨결이 느껴지고, 이 붓 숨결은 곡선을 그려 그리움을 그리고, 이 그리움은 먹 따라 번져 간다. 살포시 빈 맘 열어 수줍음까지 한줌 담아 곡선을 그

려간다. 흰 여백에 사랑을 속삭이듯 맑은 고백을 펼쳐 나
간다. 해맑은 상념 담아 그리움을 적시면서 뻗어 나간다.
설레이는 순백의 미소가 눈망울 속으로 가득 들어온다.
이때 은은히 너울대던 빛깔이 서심(書心) 그려 띄운다. 이
얼마나 섬세한 감성의 그림인가. 시조의 이미지로 그려
낸 감성의 파노라마, 그림으로도 색채로도 그릴 수 없는
세계를 시어로 그려내고 있다. 왜 이 땅에 시조가 존재해
야 하는가를 입증이라도 하려는 듯 이미지를 선명히 그
려내고 있다. 이게 시조의 정형 율격 위에 세워져 있으
니, 더욱 감칠맛이 나고 있다. 어느덧 유양업 시인은 시
조가 다다르고자 하는 경지에 와 있는 건 아닐까. 마냥
부럽기만 하다.

속울음 끌어안고 모여든 발걸음들
빛나는 별과 함께 어둠을 밝히우고
타오른 애국의 불꽃 온누리에 퍼지네

공법이 물과 같이 정의가 하수같이
손에 든 음률 가락 구름도 받아들고
울분을 어루만지며 소리 높여 외치네

가슴을 태운 불꽃 하늘로 치솟으며
아픔의 의미 방울 바람도 휘감아서

유양업 시인의 첫 시조화집 출간을 축하하며

뜻 밝힌 정의의 함성 하늘 향해 불타네.

- [촛불 집회] 전문

　이 시조에서의 시적 화자는 광장의 촛불 집회를 바라보며 그 의미를 정리하고 있다. 광장에 모여든 시민들의 발걸음들은 속울음 끌어안고 빛나는 별들과 함께 어둠을 밝히고 있다. 타오른 애국의 불꽃은 온누리로 퍼져 나가고 있다.

　공법과 정의가 물 흐르듯 하고, 손에 든 음률 가락은 구름이 받아들고, 시민들은 울분을 어루만지며 소리 높여 외치고 있다. 이때 가슴 태운 불꽃은 하늘로 치솟고, 아픔의 의미 방울은 바람이 휘감고, 뜻 밝힌 정의의 함성이 하늘 향해 불타고 있다. 촛불 집회의 긴장감과 뜻과 뜨거운 열기를 고스란히 시적 형상화로 전해 주고 있다.

　유양업 시인은 개인의 정서, 내면의 감성에만 국한하지 않고, 이처럼 이웃에 대한 아픔, 나라에 대한 걱정, 불의에 대한 질타까지 끌어안아 치열하게 다루고 있다. 이게 바로 시 정신이다. 나 아닌 이웃의 아픔에 대한 공감과 상상력이 시인에게는 필수이다. 그 영역까지 넓혀 가고 있는 시인의 발걸음이 당당해 보인다.

한라봉 산모롱이 약초들 불러모아
훈훈한 정겨움에 설레임 흠뻑 젖어

■ 지금도 기다릴까

푸근한 가슴에 안겨 전율되어 흐른다

도자기 찻잔 위에 속삭임 둥실 뜨고
기혈은 조화롭게 피로감 회복시켜
어디든 풍긴 곳마다 무딘 감성 깨운다

사색의 발걸음에 따스함 스며들어
애잔한 그리움도 소롯이 자리잡고
향긋이 꿈꾸는 차향 휘감기는 환희여.

- [쌍화차] 전문

이 시조에서의 시적 화자는 쌍화차에 대한 예찬론을 펴고 있다. 한라산 산모롱이에서 캔 약초를 모아 만든 쌍화차, 훈훈한 정겨움에 설렘까지 흠뻑 젖어, 푸근한 가슴에 안겨 전율 되어 흐르는 쌍화차, 도자기 찻잔 위에 둥실 뜬 속삭임, 조화롭게 피로를 회복시켜 주고, 무딘 감성까지 깨워 주는 쌍화차, 사색의 발걸음에 따스함 스며들게 해주고, 애잔한 그리움도 소롯이 자리잡게 해주는 쌍화차, 바로 이 차야말로 향긋이 꿈꾸는 차향이자 휘감기는 환희가 아니겠는가. 어쩜 이리도 차에 대한 예찬이 아름다울까. 이런 예찬을 받는 쌍화차가 먹음직스럽다. 살아생전에 이런 찬사를 받을 수 있다면 성공한 삶이 아닐까. 감히 넘보지 못할 찬사를 받고 있는 쌍화차, 이를 노래한

13

유양업 시인, 둘 다 행복해 보인다.

　움트는 여운 위에 그리움 풀어놓고
　노란 향 너른 가슴 연둣빛 사랑 안아
　꿈같은 추억 버무려 속삭인다 살포시

　연한 순 별빛 엮어 마음에 꽃피우고
　정겹게 엷은 햇살 가슴에 파고들어
　온누리 치솟는 생기 설렘 방울 울린다

　활짝 핀 꽃잎 풀어 산야에 흩뿌리며
　꽃망울 하얀 눈빛 뽀얀 정 얹어 주고
　고운 맘 향기 머금어 싱그럽게 휘돈다.

　　　　　　　　　　　　　- [봄이 오는 소리] 전문

　이 시조에서의 시적 화자는 봄이 오는 소리를 시심의
귀로 가만히 듣고 있다. 움트는 여운 위에 그리움을 풀어
놓고 노란 향의 너른 가슴이 연둣빛 사랑을 안고서 꿈같
은 추억을 버무려 살포시 속삭이고 있다. 연한 순은 별
빛 엮어 마음에 꽃피우고 있고, 정겨운 햇살은 가슴까지
파고들고 있다.
　그러자 온누리는 치솟는 생기로 가득하고 설렘 방울이
달랑달랑 울리며 생기가 넘쳐난다. 활짝 핀 꽃잎들을 산

야에 흩뿌리고, 꽃망울의 하얀 눈빛은 뽀얀 정 얹어 주고, 고운 맘은 향기 머금어 싱그럽게 휘돌고 있다. 이보다 더 아름다운 봄이 어디 있겠는가. 보드랍고도 향그러운 봄의 속살이 느껴지는 듯하다.

매번 맞이하는 봄을 무디게, 아무렇지 않게, 시큰둥하게 맞이하는 현대인들에게 일종의 경종을 울려 주고 있다. 살아 있는 봄을 맞이하라. 죽어 있는 봄을 맞이하지 말고, 이처럼 생동감 있고 설렘 가득한 봄을 맞이하라. 그게 삶이고, 삶의 보람이고, 삶의 길이 아니겠는가.

계곡 속 은둔 생활 세상 뜻 씻어내니
양산보 삶의 터전 은물결 흐르는데
오늘도 따스한 온기 행복 물결 넘치네.

                                   - [소쇄원] 전문

이 시조에서의 시적 화자는 소쇄원을 방문하여 이 유적지를 경이의 시선으로 바라보고 있다.

소쇄원은 전남 담양에 있는 명승 제40호인 정원이다. 이 유적지는 양산보가 스승인 조광조가 유배되자 세상의 뜻을 버리고 낙향하여 지석마을에 숨어 살면서, 깨끗하고 시원하다는 의미를 담아 조성한 정원이다. 자연과 인공을 조화시켜 만든 정원으로도 유명하다.

양산보의 은둔 생활, 세상 뜻 씻어낸 채 살아가는 삶 자

15

체가 은물결로 흐르고 있다. 비록 관료 생활에서 멀어지긴 했지만, 오늘도 어김없이 밀려오는 따스함과 행복 물결은 넘실대고 있다. 역사적 의미와 삶의 의미가 만나 숙연한 시간을 잠시 갖도록 만드는 시조, 행복이 먼 곳에 있는 게 아니라 바로 평범한 삶, 조용한 삶, 평화로운 삶속에 담겨 있음을 다시 한 번 더 깨닫게 해주는 시조라서 더욱 좋아 보인다.

볏짚풀 지붕 위로 오가는 사연 자락
산마루 군무 이뤄 긴 숨결 풀어놓고
회색빛 여백의 창가 추억 넝쿨 올린다

찬바람 눈비 가려 덮어 준 따스한 품
계절의 한 모퉁이 설렘의 빗장 열고
꿈 많은 세월 보듬고 달빛마저 안는다

숨소리 멈춘 자리 노을빛 타오르고
주름진 산모롱이 호롱불 지펴 들어
구수한 침묵의 독백 불씨 되어 밝힌다.

- [초가집] 전문

이 시조에서의 시적 화자는 고향의 초가집 앞에 다다라 있다. 볏짚풀 지붕 위로 오가는 사연 자락이 떠오르는 듯

한참이나 숨 고르고 있다.

산마루에는 물안개가 군무를 이루며 흘러가고 있고, 회색빛 여백의 창가에는 추억 넝쿨이 올라가고 있다. 아마도 담쟁이넝쿨이 창가로 올라가 방안을 기웃거리고 있는 듯하다. 계절의 모퉁이는 설렘의 빗장 열고 꿈 많은 세월과 달빛을 보듬어 안고 있고, 주름진 산모롱이는 노을빛이 깔려 있고, 구수한 침묵의 독백이 불씨 되어 회상에 젖게 한다. 여기서도 이미지만으로도 독자의 가슴에 고향의 초가집과 옛 시절의 추억과 설렘을 심어 놓기에 충분하다. 역시 시조에서 시적 형상화의 가장 중요한 디딤돌은 이미지임을 강조하고 있다.

새하얀 종이 펴고 추억의 열정 잡아
먹물로 낭만 풀어 물안개 그려 넣고
호숫가 그리움 엮어 구름 위로 띄운다

밝은 빛 흰 꽃송이 낭만의 붓을 들고
묻어둔 간절함에 쉼 없는 갈망 담아
하늘가 수평선 멀리 햇살 풀어 그린다

골짜기 깊은 계곡 무지개 어우러져
옛 추억 음률 곡선 설레임 흔들으며
산자락 한마당 물결 휘몰아서 춤춘다

유양업 시인의 첫 시조화집 출간을 축하하며

애절한 산그림자 붓 따라 흐른 선율

연초록 싱그러움 하늘빛 감싸 돌고

꽃바람 들향기 담아 황금 물결 이룬다.

- [한국화를 그리며] 전문

이 시조에서의 시적 화자는 한국화를 그리고 있다. 새하얀 종이를 펴고 추억의 열정 잡아 먹물로 낭만 풀어 물안개, 호숫가, 구름, 흰 꽃송이, 하늘가 수평선, 골짜기, 무지개, 산그림자, 연초록 싱그러움, 하늘빛, 꽃바람, 들향기, 황금 물결 등을 그려 나간다. 묻어 둔 간절함에 쉼 없는 갈망 담아, 옛 추억의 음률 곡선으로 설렘 흔들며, 산자락은 한마당 물결 휘몰아서, 붓 따라 흐른 선율로 꽃바람 들향기까지 술술 그려 나간다. 마치 한국화와 시조가 다정히 만나 한바탕 춤판을 벌이고 있는 듯 생동감이 있다. 시조의 이미지와 리듬, 한국화의 멋스러움이 만나 조화로운 디코럼을 이루고 있어, 더욱 아름답다. 유양업 시인은 이미 대한민국 남농미술대전, 전국 춘향미술대전, 대한민국 힐링미술대전, 대한민국 한국화대전 등에서 한국화로 여러 번 수상한 경력이 있는 화가이기에, 유달리 시조의 이미지와 친숙한 듯하다.

이처럼 유양업 시조는 모두 다 독자에게 정겹다. 따스함과 부드러움과 행복을 안겨 준다. 무엇보다도 우리 한국 민족의 핏속으로 흐르는 시조의 정형 율격 위에 이미지 구현과 낯설게 하기와 공감각을 활용하여 시조의 독특한 맛과 멋을 빚어내고 있다. 특히, 이미지의 입체화, 추상과 구상의 조화로움, 리듬의 자연스러움, 사물에 대한 새로운 해석, 신선한 표현, 공감의 확대, 섬세한 감성의 포착 등이 유양업 시조의 폭을 넓혀 놓을 뿐 아니라 독자의 시선을 매료시켜 놓는 데 기여하고 있다.

앞으로도, 유양업 시인의 창작 열기는 쉽사리 수그러들지 않을 것 같다. 시, 시조, 수필 등의 창작에 대한 열정과 성실성, 그리고 진지함이 여생 내내 지속될 것 같다. 부디 오래도록 이 알차고 멋진 창작의 삶이 쭉 이어지길 바란다. 제2, 제3의 열매도 기대해 본다.

다시 한 번, 유양업 시집, 유양업 수필집에 이어 발간된 유양업 시조화집에 큰 박수를 보낸다. 솔직히 많이 부럽고 존경스럽다.

- 눈이 오지 않지만 차가운 겨울바람이 스쳐가는 노을빛 창가에서
한실문예창작 지도 교수 박덕은
(문학박사, 전전남대 교수, 문학평론가, 시인, 소설가, 화가, 아동문학가)

시조화집을 내면서

사람이 행복해지려면 적당한 운동과 감사 생활을 해야 하는데, 운동은 신체의 활력을 가져오고, 천하보다 귀한 자신의 생명이 질서정연한 만물의 운행으로 신비함을 누릴 수 있으니 얼마나 감사한 일인가 싶다. 필자는 선교사 은퇴 후 자살방지한국협회 교육 강사 자격을 취득하여 상담으로 봉사하며, 성악 레슨도 봉사로 도와주니 뿌듯한 마음이다.

뒤늦게나마 하나님이 주신 달란트에 따라 그림도 그리고 서예와 노래도 하며 글(시, 시조, 수필)도 짓는 생활을 하고 있다. 향촌문학상 공모전에서 수필 부문 대상을 비롯하여 다수 문학상을 수상했고, 그림을 그려 서예 입선, 한국화 입선과 특선을 했다. 또한 합창단 멤버로 연주회에 참여하며, 주로 국내외 교회에서, 때론 단체에서 독창자로 봉사했다. 이 모든 것을 창조주 하나님께 감사한다.

시조를 배우고 창작하면서 초현실적인 상상력과 진실한 삶과 인격의 중요성이 필요함을 느꼈다.

시조는 먼저 초장 3434, 중장 3434, 종장 3543의 자수를 잘 지켜 문장이 조화롭게 잘 맞추어 쓴 형식이 단형시조이고, 단형시조가 연속 이어지면 연형시조가 된다,

시(詩)를 쓸 때는 사물을 눈여겨 관찰하면서 체험의 세계를 축소하여 미묘한 정서의 세계를 표현하고, 이미지를 구상해서 써내려 가지만, 시조를 쓸 때는 정해진 틀 안에서 자수를 맞추어 표현해야 하기에 독특한 향취를 빚어내기란 그

지금도 기다릴까

리 쉽지 않았다. 그러나 계속 쓰다 보니 보화를 캐내듯, 솔솔 재미가 붙기 시작했다. 이 시조들은 크리스챤 신문에 실렸고 그것들이 모아져서 이제 시조화집을 낼 수 있게 되었다. 마음속으로만 그리는 것은 그리움이고, 말로 그리면 시적 이미지가 되고 선과 색채로 그리면 그림이 됨을 깨닫기도 했다. 그래서 C. D. 루이스는 시적 이미지는 말로 그린 정열적인 그림이라고 정의했는가 싶다.

금번에 시조화집을 내면서 그림은 필자가 써 온 시조의 삽화가 아니고, 틈틈이 그려 놓았던 한국화를 컷으로 활용해 대충 매치시켜 보려고 하니 미흡한 부분들이 많았으나, 시조를 쓰고 그림을 그린 작품들을 다만 한곳에 모아 놓고 싶은 심정에서 시조화집으로 묶었다.

지난날에 시집으로 〈오늘도 걷는다〉와 수필집으로 〈바람 따라 구름 따라 별빛 따라〉를 출판했고, 이번에 시조화집 〈지금도 기다릴까〉를 내게 됨을 기쁘게 생각한다.

끝으로 시조화집이 나오도록 친절하게 지도해 주신 한실 문예창작 지도 교수 박덕은 박사님과 그림을 지도해 주신 송산 박문수 교수님과, 출판을 맡아 주신 서영출판사 서동영 사장님께 감사를 드린다. 특별히 격려를 아끼지 않고 필자의 활동을 적극적으로 밀어준 남편 문전섭 박사의 관심과 배려도 잊지 못할 것이며, 무엇보다도 에벤에셀, 여기까지 인도해 주신 주님께 감사함을 드린다.

- 2019년 정월 초 사직공원 자락에서 유양업

유 양 업

박덕은

햇살이 모이는 곳에
과거와 미래가 자리잡듯

성실과 기도가 모이는 곳에
열매가 향기를 품는다

거기
현재의 노래가 너울거리고

웃음의 방향이
태양으로 향한다

수평선은
지평선에 이르러서야

비로소 숨을 진정시키고
휴식을 취한다

그때 시심이 치솟아
시 동산을 이룬다

바다가 벙긋거리고
강이 소통하고
산야가 초록춤 춘다

어느덧
정갈한 리듬이 옷 입고

맵시 있는 시조의 밥상
대청마루에 차려놓는다

그날따라 행복이
달빛 타고 내려와

눈물겨운 사랑을
밤새워 여백에 수놓는다.

차 례

1장 — 물레방아 돌아가는 언덕

2장 — 나물 캐는 여인

3장 — 봄이 오는 소리

지금도 기다릴까

제1장 물레방아 돌아가는 언덕

첫눈

이팝꽃 꽃잎처럼 고웁게 흩날리어
기다림 두께만큼 소복이 쌓이면서
말갛게 피어난 설렘 눈부시게 빛난다.

지금도 기다릴까

고추

후미진 돌담 밑에 붉은 듯 외로운 맘
바람 폭 휘날리며 파란빛 출렁 행렬
해종일 속살 여민 채 붉은 열정 태우네

하늘빛 곱디곱게 뜨거운 여름 한낮
아련한 설렘 자락 뽐내는 불꽃이여
마음이 쓸고 간 자리 향기로움 휘도네

아릿한 정든 체취 그리움 더해지고
터질 듯 영글어져 봉긋이 매운 가슴
버무려 오롯한 향기 밥상 위에 감도네.

대밭

죽순 촉 삿갓 벗어 벗 찾아 미소 짓고
대숲 속 선한 공기 진실 향 흩날리며
솟구친 은밀한 얘기 바람이랑 나누네

걸대엔 푸른 동맥 층층이 마디마다
싱그런 산소 풀어 여윈 몸 정기 주며
장대숲 빗줄기 올려 쭉쭉 뻗네 올곧게

속 비운 푸른 몸통 속마음 보여주고
해맑은 공명 이뤄 음률로 구름 타며
죽림욕 담백한 매력 별빛 달빛 보듬네.

물레방아

덩더쿵 수레바퀴 덩더쿵 설렘 바람
흐르는 물길 담아 물안개 품어내며
저녁놀 부둥켜안고 연민 한 올 올린다

속내를 털어놓은 여인들 너스레가
보드란 정담 속에 빗소리 소나타로
오랜 날 향긋한 마음 쉬임 없이 흐른다

제자리 밟으면서 끝없이 돌고 돌아
둥글게 솟는 열정 올곧음 건져 올려
긴 숨결 고개 내밀어 맑은 눈빛 휘돈다.

바다

몰려온 바람결도 날개 편 갈매기도
해종일 그리워서 소롯이 출렁이며
조약돌 긴 기다림도 철썩이는 뱃머리

휘감는 흰 물보라 추억을 만끽하며
수평선 넓은 가슴 흰구름 끌어안고
연분홍 애틋한 사랑 넘실대네 저 멀리

뱃머리 가물가물 속삭임 미소 짓고
갯내음 비릿한 향 수놓은 모래사장
불타는 노을 붙잡아 아련하게 거니네.

백사장

얼마나 씻겼으면 이렇게 새하얄까
꽃바다 나래 펴서 그리움 춤을 추고
일출 꿈 흰 모래사장 널리 그려 펼치네.

복숭아

꽃망울 송이송이 뽀얗게 단장하여
황도 빛 조랑조랑 보드레 미소 짓고
꿈 담아 은은한 눈빛 알싸하게 흐른다

따스한 햇살 안고 신단맛 높이 올려
한 조각 그리움을 불그레 심어 놓고
순백의 정갈한 기도 숨결 실어나른다

드러낸 하얀 독백 내뿜는 싱그런 맘
동그란 열정 품어 가슴에 안겨 주고
수줍음 방울 터뜨려 미백 향기 날은다.

소나무

계절도 모르는 듯 청춘을 매만지며
실 바늘 꽃피워서 진풍경 그려 놓고
순결한 그리움 품어 녹음방초 만든다

흥건히 익혀 가는 늠름한 굳은 의지
허기진 추운 날도 눈서리 맞으면서
구름이 펼쳐 준 향연 노을 안고 춤춘다

동그란 되돌이표 통일을 염원하며
남북의 환한 웃음 후드득 쏟아내고
잎마다 메아리 안고 은빛 향기 날린다.

지금도 기다릴까

유채꽃

산방산 등에 업고 꽃잔디 어우러져
노란빛 살랑거림 가슴속 휘어잡고
눈길들 꼼지락거려 마디마디 숨쉰다

봄빛에 여운 담아 꽃잎들 눈 맞추고
꽃피운 여린 마음 미소 띤 봄의 향기
싱그레 농익은 햇살 끌어안고 흔든다

감성을 갈무리해 오늘도 토닥토닥
간절한 눈빛으로 추억이 아른대면
물들인 바람 물결 속 시린 가슴 데운다

사랑빛 낭만 담아 서성인 노랫가락
벌 나비 소곤소곤 따스한 설레임들
애절한 눈시울 속에 햇살 한줌 앉는다.

은행나무

움트는 맑은 여운 아련한 침묵 속에
연푸른 빛살 받아 향수를 그려 놓고
찰랑댄 감성의 뜨락 쓰다듬고 감싼다

황금빛 골골마다 우아함 출렁이고
순수한 낭만 자락 꽃구름 날개 달아
흩날려 상큼한 숨결 사랑 향기 펴낸다

밝히는 환한 미소 맛깔내 아른대고
노란빛 풍요로움 환희를 선사하며
잎새에 그리움 얹어 설렘으로 빛난다.

일출

솔바람 걸어 다닌 자욱한 안개밭에
섬섬히 떠오르는 빛바랜 자리마다
가슴에 뜨거운 사랑 붉은 숨결 내뿜네.

정월 대보름

낯익은 파란 설렘 추억을 휘몰아서
줄곧 뛴 사물놀이 그리움 달래이며
외사랑 구슬 꿴 낭만 신비롭게 풍긴다

춤사위 하얀 눈빛 보름달 끌어안아
열린 맘 빛살 풀어 달무리 그려 넣고
긴 세월 타오른 열정 환한 감성 날린다.

해돋이

하이얀 둥근 방울 빛나는 꿈 꽃송이
가슴에 희망 얹어 불그레 솟아나고
어둠을 감싸 안으며 밝아오는 여명 빛

화사한 꿈길 따라 흰구름 한입 물고
고운 님 옷자락에 살포시 물들여서
가슴에 뜨거운 사랑 붉은 숨결 내뿜네

아련히 일렁이는 사무친 그리움들
오롯이 솟아 나와 옛 추억 끌어안고
사랑의 황금 빛살로 온누리에 펼치네.

해바라기

웃음꽃 노란 햇살 해맑은 사연 자락
설렌 맘 가득 피워 싱그럼 더해 주고
따스한 스승의 손길 맘 언저리 휘돈다.

박문수 作 [해바라기]

홍시

따스한 햇살 받아 아련히 수놓으며
아릿한 떫은 눈물 품안에 연민 풀고
허공에 고개 내밀어 빨간 고백 띄운다

동그란 눈망울에 욕망의 불꽃으로
꿈빛의 환한 방울 덧입혀 채색하고
달콤한 심장 포개어 은은하게 설렌다

순수함 타오르는 한 알의 낭만 품어
음미한 흔들림에 볼우물 웃음 짓고
까치밥 인연 한 자락 황홀 향기 날린다.

지금도 기다릴까

제2장 나물 캐는 여인

가족 나들이

오월의 화창한 날 라일락 향기 짙어
설렌 맘 가득 안고 온 가족 마음 모아
남도의 아련한 향수 하늘 추억 그리네

은물결 바닷가에 옛 꿈의 선율 싣고
가슴에 흠뻑 젖어 사랑향 음미하며
핑크빛 속삭인 대화 오순도순 꽃피네

윤기 난 노랫가락 꽃잎도 반기우고
가슴속 신명나게 얘기꽃 밤새우며
황홀한 봄날 나들이 깊이 깊이 품으리.

꽃 잔치

청정 숲 여름 한낮 문우들 설렌 마음
백 번째 수상 돌파 동인지 출판 기념
시 수필 가슴에 흠뻑 문학 숨결 꽃피네

번개팅 황홀 잔치 향긋한 나래 펴며
사랑의 마음 담고 온 정성 가득 쏟아
시심꽃 활짝 영글어 부푼 가슴 하늘빛

군침난 한 상 차림 웃음꽃 만개하고
전국의 문학도들 부푼 맘 얼싸안고
순수한 창작의 열정 나래 펴고 날으네.

홍매화

시그림. 유양업

꽃봉오리 망울망울
환희의 선율

봄소식 한 보따리
이고 왔네

불그레한
감미로운 속삭임

향 가슴에 안고
사랑 나누네.

꽃동네

황홀한 풍광 품은 순수한 꽃봉오리
향내음 만발하여 그리움 풀어놓고
설레임 감싸 안으며 맞아 주는 죽화경

꽃 장미 사랑 자락 환상의 여운 담아
곳곳에 시심 심어 뽀얀 정 얹어 주고
고운 맘 애틋한 열정 정원 가득 맴돈다

댓잎 숲 울타리에 휘감은 선율 가락
사랑빛 낭만 담아 추억을 등에 업고
애잔한 감성의 뜨락 마디마디 숨쉰다.

나물 캐는 여인

연둣빛 꿈속에서 한 폭의 연민 찾아
피고 진 그리움 향 옛 추억 더듬다가
꿈틀인 솔바람 당겨 환한 감성 채운다.

당신 사랑

연민 속 온유한 맘 향긋한 설렘 되어
옛 추억 감성의 꽃 깊숙이 안겨 있고
상념에 묻어둔 눈빛 청실홍실 엮는다

성실함 건져 올려 가슴에 채워 놓고
농익은 지성의 빛 켜켜이 일렁여서
진실의 음률 흩날려 별빛 되어 흐른다

쉼 없이 타오르는 독서의 환한 열정
선비 맘 훈훈한 정 심연에 자리잡고
높푸른 소중한 사랑 하늘 위에 쌓는다.

동학 혁명

애국의 울부짖음 산기슭 타고 올라
구릿빛 힘센 함성 우뚝 선 새벽별들
밤새워 산자락 베고 민초의 뜻 새웠네

견뎌온 아픈 가슴 피 끓는 마음 세워
열정은 불을 뿜고 적병을 몰아내어
삼킬 듯 심장 터뜨린 민중항쟁 우리군

포탄 속 산등성이 뜨거운 가슴속에
설한풍 모진 바람 가슴의 전승지로
조국애 울리는 함성 승리 깃발 날리네.

드맹 50년

둥글게 둘러앉아 향긋함 음미하며
속삭임 뜨거운 정 올곧게 엮어지고
정담 속 순수한 사랑 싱그럽게 움튼다

무명의 넉넉함을 온몸에 드리우면
향긋한 맑은 눈빛 촘촘히 길을 닦고
휘도는 가슴속 온정 은은 향기 날린다

세월이 흘러가도 밀려든 고운 작품
밝은 빛 손길 담아 아련함 그려 넣고
길고 긴 실 바늘 풀어 하늘 향해 펼친다.

■ 지금도 기다릴까

사랑

한아름 보고픔도 숨쉬는 그리움도
찬란한 불멸의 힘 어깨 위에 올려놓아
순백의 그리움 되어 영롱하게 빛나네

따스이 진한 감동 샘솟듯 전율하니
언제나 밝디밝은 낭만의 별빛 환희
정겹게 자리잡고서 설레이네 뜨겁게

핑크빛 마음 자락 황홀한 속삭임도
순백의 부드러움 고운 꿈 등불 켜며
젖어든 감성의 열정 하얀 고백 쏟았네.

사랑은 언제나 오래 참고 사랑은 언제나 온유하며 사랑은 시기하지 않으며 자랑도 교만도 아니 하며 사랑은 무례히 행치 않고 자기의 유익을 구하지 않고 사랑은 성내지 아니 하며 진리와 함께 기뻐하며 사랑은 모든걸 참아 주고 바라고 믿고 참아 피며 사랑은 영원토록 변함 없네 믿음과 소망과 사랑 중에 그 중에 제일은 사랑이라

고린도전서 사랑편 최원유앙업

삶

음성의 손 내밀어 닿을 듯 만져 주고
먼 숲길 마주보면 잔물결 생기 돌아
걸어온 끝없는 소망 덩그마니 안기네

꽃 손길 새초롬히 맘속에 둥실 뜨고
싱그런 초록 미소 살포시 따라 나와
아련히 휘감아 돌며 스며드네 정겹게

환희의 마음 자락 발자욱 그려내며
청명한 푸른 빛살 그리움 젖어들어
애틋한 사랑의 향기 속삭이네 소롯이.

상사화

연초록 싱그런 잎 속앓다 불태우고
긴 꽃대 목 내밀어 까르르 떠는 꽃술
그리움 붉게 일렁여 꿈의 불꽃 밝혔네

애절히 사연 담아 풋사랑 하고파라
못 잊을 님의 눈물 서러움 토해내고
비단빛 사랑의 향기 가슴속에 품었네

푸른 잎 어데 있나 붉은 꽃 어데 있나
사랑의 숨바꼭질 못 이룬 슬픈 인연
서로를 그리워하네 애달프다 불꽃아.

서예

붓 숨결 곡선 그려 그리움 번져 가며
살포시 빈 맘 열어 수줍음 한줌 담아
흰 여백 사랑 속삭여 맑은 고백 펼치네

해맑은 상념 담아 그리움 적시면서
설레인 순백 미소 눈 속에 가득 넣어
은은히 너울댄 빛깔 서심 그려 띄우네.

詩

육양엽

아쉬움은
갈등의 숨길 따라
너울너울

먼 산
석양 빛 구름은
가슴 길이 희영청

이제라도 잡아볼까
이제라도 달려갈까

미처 못 간
그 길 뒤에 갈까

꿈속에 그 하이얀 꽃
길이길이 심어볼까

이천일삼년 가을 유어

설 명절

발자욱 더듬으며 싱그런 꿈길 열고
고향 쪽 달려가는 설레인 마음 자락
옛 추억 청초한 향기 물살 져 온 그리움

설빔한 가슴 모여 환희로 가득차고
정담 속 맑은 눈빛 유리알 아롱아롱
온 집안 사랑의 축제 흐드러진 웃음꽃

마음을 여미어도 빛살은 찾아들고
시공간 훌쩍 넘은 흰 여백 건져 올려
황혼녘 서성인 걸음 나는 연에 매달까.

세월호

보고픔 짓눌려서 토해낸 피의 눈물
애달픈 상흔덩이 서러움 오열하고
순백의 세월 보듬고 타들어 간 기다림.

스승

만남의 환희 자락 뜨겁게 꿈을 캐고
향긋한 환한 감성 둥글게 새 힘 솟아
순백의 달콤한 손길 가슴 안에 채운다

정담 속 연민 한 올 촘촘히 길을 열고
푸른 꿈 진실 담아 올곧게 엮어 주는
타오른 순수한 열정 등불 되어 밝힌다

볼수록 너른 가슴 오랜 날 흘러가도
묶어진 그리운 정 아릿함 뿌려 주고
갈수록 한없는 은혜 알싸하게 빛난다.

지금도 기다릴까

떨어진 신발 한 짝 눈 속에 빠졌었네
어떻게 되었을까 지금도 기다릴까
만년설 빙하 수놓아 은빛 꿈을 담았나.

촛불 집회

속울음 끌어안고 모여든 발걸음들
빛나는 별과 함께 어둠을 밝히우고
타오른 애국의 불꽃 온누리에 퍼지네

공법이 물과 같이 정의가 하수같이
손에 든 음률 가락 구름도 받아들고
울분을 어루만지며 소리 높여 외치네

가슴을 태운 불꽃 하늘로 치솟으며
아픔의 의미 방울 바람도 휘감아서
뜻 밝힌 정의의 함성 하늘 향해 불타네.

촛불

가슴에 희망 얹어 붉그레 솟아나고
어둠을 감싸 안은 밝게 핀 희생된 삶
사랑의 황금 빛살로 온누리에 펼치네

화사한 꿈길 따라 흰구름 등에 업고
빛나는 별과 함께 어두움 밝히우며
가슴에 뜨거운 사랑 붉은 숨결 내뿜네.

칠월 단상

능소화 담을 넘어 애절한 음률 편 곳
장맛비 여미어도 한 올의 시향 엮어
그리움 허공에 새겨 순결 안고 서 있다.

칠월 어느 날

노을빛 피어 있는 나그네 끝자락에
한 여생 허허로움 추억을 곱씹으며
얼룩진 애틋한 연민 상흔 안고 걷는다.

코리아 김치

무더운 열대 기후 산뜻한 이국땅에
싸스가 만연할 때 한국의 전통 김치
약이라 꽃소문나서 애틋하게 원하네

무 배추 절인 향기 한자리 둘러앉아
버무린 오색 양념 노랑꽃 사이 사이
빨갛게 꽃단장하고 향기롭게 담기네

다문화 모인 여인 감칠맛 시식하며
감성들 깔깔대고 흥겹게 어우러져
안고 간 코리아 김치 행복스런 뒷모습.

통일의 새

하얀 기 발에 걸고 매무새 추스려서
노을빛 스멀대는 여운을 만져 보며
싱그런 날개깃 펴서 금강산을 날을까.

통증 클리닉

포근한 음률 가락 마음에 안정 주고
선한 눈 미소 담아 아픈 곳 매만지며
가슴에 향긋한 의술 신비스레 펼친다

매달린 설렘 향기 촉촉이 넘실대고
뒤척인 급한 숨결 말갛게 씻김 되며
낫게 된 상큼한 영혼 꽃이 피네 소롯이

한밤의 시린 고통 환희로 미소 짓고
향긋한 치유 손길 상한 맘 감싸 주며
아련히 휘감은 열정 망울망울 쏟는다.

패션쇼

오십 년 오직 한길 찬란함 이룬 물결
무명꽃 실을 엮어 올곧게 심은 자락
베풀며 걷는 발자욱 대 이어준 그 향기

햇빛을 부르던 날 뽀얀 정 나래 펴서
흰 숨결 리듬 맞춰 황홀함 펼쳐 입고
속삭인 감성의 뜨락 사뿐 사뿐 걷는다

모여든 맑은 눈빛 정담 속 희열 안고
비단길 수놓은 정 쉼 없이 설레이며
꽃피운 축제의 열정 신비로이 휘돈다.

한국화를 그리며

애틋한 종이 펴고 추억의 열정 잡아
먹물로 낭만 풀어 물안개 그려놓고
호숫가 그리움 엮어 구름 위로 띄운다

밝은 빛 흰 꽃송이 낭만의 붓을 들고
묻어둔 애틋함에 쉼 없는 갈망 담아
하늘가 수평선 멀리 햇살 풀어 그린다

골짜기 깊은 계곡 무지개 어우러져
옛 추억 음률 굴곡 설레임 흔들으며
산자락 한마당 물결 휘돌아서 춤춘다

애절한 산그림자 붓 따라 흐른 선율
연초록 싱그러움 하늘빛 감싸 돌고
꽃바람 들향기 담아 황금 물결 이룬다.

한솔

꿈둥이 시린 숨결 터널을 뛰어넘어
햇살에 현을 켜서 향기로 선율 담고
올곧은 뜨거운 열정 신비 담아 날은다.

하늘에서기도줄타고
아기천사내려왔네
어여쁜향기안고
살포시내려왔네
옥구슬군동자
은빛사랑에
온가족녹아나네

손녀슬아현에게 최원 유양열

행복한 여행

가슴에 듬뿍 안은 신비론 전율 자락
정담 속 진한 향기 촉촉이 스며들고
속삭인 맘자락 위에 환한 감성 설렌다.

쌍화차

한라봉 산모롱이 약초들 불러모아
훈훈한 정겨움에 설레임 흠뻑 젖어
푸근한 가슴에 안겨 전율되어 흐른다

도자기 찻잔 위에 속삭임 둥실 뜨고
기혈은 조화롭게 피로감 회복시켜
어디든 풍긴 곳마다 무딘 감성 깨운다

사색의 발걸음에 따스함 스며들어
애잔한 그리움도 소롯이 자리잡고
향긋이 꿈꾸는 차향 휘감기는 환희여.

지금도 기다릴까

제3장 봄이 오는 소리

광풍각

터 넓혀 꿈결 싣고 열 개 문 활짝 열어
온 가슴 꿈꾸는 발 산중에 걸어 놓고
비 갠 뒤 투명한 빛살 우주 향해 비치네.

강

은물결 반짝반짝 하늘빛 적시우며
팔봉산 자락 따라 긴 세월 추억 담고
꽃바람 붉게 물들여 눈부시게 흐르네.

나이아가라 폭포

우렁찬 폭포 소리 황홀함 펼쳐 입고
물보라 나래 펴고 큰 볼륨 뽐내면서
옛 추억 환희의 설렘 은보라로 날으네.

내장산 단풍

영은산 우뚝 솟아 갈바람 스며들어
솔향기 흩날리며 그리움 풀어놓고
신성봉 애틋한 열정 오색 단풍 꺼안네

구개봉 나래 펴서 붉은 정 활활 타고
환상의 선율 자락 휘감은 사랑 불꽃
봉우리 애절한 가슴 설렘 추억 담았네

하늘이 내려다 준 황홀한 풍광 안고
꽃구름 기슭 베고 해종일 물들여서
은물결 사연 나누며 불이 타네 산야에.

두만강

백두산 보듬으며 동해로 흐른 물결
꿈 향해 살고픈 맘 그 아픔 다독이며
갈증의 언저리에서 눈물겨워 맴돈다

강기슭 묵은 추억 붉은빛 능선에서
무언의 연민 자락 아릿함 쏟아내며
푸른 물 온몸 내밀어 끌어안고 흐른다

강줄기 삼면 안아 국경선 서로 품고
세 국기 환히 올려 드높이 펄럭이며
오랜 날 애절한 사연 통일 그려 휘돈다.

■ 지금도 기다릴까

두물머리

남한강 사랑 안고 북한강 추억 품어
두 물이 합류하여 옛 생각 새기면서
세월이 할퀸 자국도 품에 안고 감싼다

양수리 새벽안개 영롱히 익어 가고
물결 속 환한 얼굴 속삭임 도란도란
알싸한 황포 돛단배 나루터라 알린다

우람한 느티나무 옥빛물 바라보고
긴 여운 오랜 숨결 발자취 더듬으며
물줄기 통일 외치며 희망 갖고 살잖다.

등대

바다향 품고 서서 똑딱선 기다리며
초롱불 밝혀 놓고 어둔 밤 뱃길 품어
외로움 부둥켜안고 수호하네 혼자서

여명의 햇살 받아 목마름 축이면서
노을빛 고운 미소 꽃구름 눈 맞추어
파도와 사연 나누며 갈매기 벗하네

바람은 햇빛으로 외로움 토닥이며
찰싹인 파도 소리 진솔한 꿈 펼쳐서
옛 추억 치솟는 설렘 홀로 지샌 생명 빛.

모평 한옥 마을

정갈한 한옥 마을 껴안은 꿈의 향연
선홍빛 연민 담아 그리움 풀어놓고
추억도 순수의 독백 다독이며 채운다

흐르는 맑은 물에 은구슬 뿌려 놓고
풍요론 정자나무 기와집 바라보며
순백의 투명한 햇살 보석 담은 꽃마을

붓끝에 날개 달고 꽃구름 내려 잡아
묵향기 살짝 묻혀 싱그럼 다져 넣고
하늘의 꿈 날개 펴서 하얀 숨결 펼친다.

몽돌 해수욕장

바다향 품고 누워 잔물결 기다리며
순결한 너른 가슴 둥글게 맑혀 놓고
정겹게 부둥켜안고 뜨거운 정 나눈다

흑진주 햇살 받고 목마름 축이면서
노을빛 고운 미소 꽃구름 눈 맞추고
파도와 사연 나누며 갈매기 벗한다

바람과 햇빛으로 외로움 토닥이며
찰싹인 파도 소리 아련한 꿈 펼치고
물길에 씻길 때마다 설렘으로 빛난다.

■ 지금도 기다릴까

봄이 오는 소리

움트는 여운 위에 그리움 풀어놓고
노란 향 너른 가슴 연둣빛 사랑 안아
꿈같은 추억 버무려 속삭인다 살포시

연한 순 별빛 엮어 마음에 꽃피우고
정겹게 엷은 햇살 가슴에 파고들어
온누리 치솟는 생기 설렘 방울 울린다

활짝 핀 꽃잎 풀어 산야에 흩뿌리며
꽃망울 하얀 눈빛 뽀얀 정 엮어 주고
고운 맘 향기 머금어 싱그럽게 휘돈다.

사직 공원

질푸른 숲의 향연 흥건히 고여 들고
초록물 떨어질 듯 내뿜는 진한 솔향
싱그런 사랑 고백도 노을빛에 물든다

달빛은 숲을 날아 아련함 껴안으며
바람결 실눈 뜨고 돌 틈에 속삭이며
노란 꿈 영글은 노래 우아하게 펼친다

이끼 낀 생각에도 가랑잎 소리에도
보고픔 움켜잡고 하늘을 우러르며
연분홍 그리움 꽃술 알싸하게 묶는다.

생태공원

싱그런 초록 내음 산야에 젖어 있고
소소한 그리움들 창공에 걸어 두면
낭만의 푸르른 풀빛 웃음 안고 흔든다

시원한 숲속 풍경 다람쥐 등에 업고
흐르는 맑은 계곡 다슬기 주워 담아
황톳길 산자락 위로 영롱하게 빛난다

풀꽃들 가슴속에 회상의 나래 펴서
사연들 가득 풀어 실안개 뿌려 놓고
눈부셔 불타는 정경 꿈결 위로 날은다.

소쇄원

계곡 속 은둔 생활 세상 뜻 씻어내니
양산보 삶의 터전 은물결 흐르는데
오늘도 따스한 온기 행복 물결 넘치네.

외돌개

섬바위 해안 절경 넌지시 내려보고
잔파도 어루만져 침묵을 껴안으며
그리움 허공에 새겨 구름으로 감싼다

우직한 환한 가슴 수평선 흰 꿈 묶고
그리움 온몸 적셔 밤낮을 지새우며
서걱인 긴긴 기다림 바람 안고 설렌다

물보라 상념 모아 바닷가 감싸 돌며
쪽바위 못다 한 말 하늘에 새겨 두고
한 많은 세월 보듬고 홀로 서서 지킨다.

전망대

해종일 열정 품고 올곧게 우뚝 서서
무지개 노을 잡아 애절함 그려 넣고
오늘도 솔바람 연민 기다림에 설렌다

가늘게 휘는 바람 흰구름 끌어안고
휘감은 침묵으로 그리는 동그라미
따스이 빛 밝힌 여운 가슴속에 심는다

애틋한 추억 한 올 전율로 다가오면
긴 숨결 열꽃으로 낮달에 얹어 주고
하늘빛 나래짓 펼쳐 불빛 안고 서 있다.

지구의 녹색화

휘도는 창조 질서 숨쉬고 자라도록
파란 물 청정 공기 온누리 펼쳐 놓고
살며시 숲 가꿔 가며 보존하리 영원히

지천에 흐드러진 가냘픈 들꽃송이
눈먼 맘 깨우쳐서 배려한 손길 주고
눈가에 연민의 노을 촉촉하게 적신다

어스름 묻은 곳에 정의를 펼쳐 들고
초록산 팔에 끼고 평화의 허리 감아
은빛의 황홀한 절경 신명나게 펼친다.

초가집

벗짚풀 지붕 위로 오가는 사연 자락
산마루 군무 이뤄 긴 숨결 풀어놓고
회색빛 여백의 창가 추억 넝쿨 올린다

찬바람 눈비 가려 덮어 준 따스한 품
계절의 한 모퉁이 설렘의 빗장 열고
꿈 많은 세월 보듬고 달빛마저 안는다

숨소리 멈춘 자리 노을빛 타오르고
주름진 산모롱이 호롱불 지펴 들어
구수한 침묵의 독백 불씨 되어 밝힌다.

크루즈 여행

잔물결 은반 위에 한마음 꽃피어서
달콤한 음률들로 잔파도 넘실넘실
훈풍에 타오른 열정 뿜어내는 그리움

검푸른 수평선에 구름과 누운 물빛
신바람 일렁일렁 허공을 뛰어넘고
아련히 춤춘 물보라 은빛 나래 펼친다

황혼녘 풀어 담아 향수를 끌어안고
싱그런 꿈길 따라 설레임 쏟아 놓아
부풀은 마음 한 켠에 연민 가득 채운다.

팔봉산

팔봉의 산자락들 아련히 푸르르고
봉우리 굽이굽이 맘자락 휘어 감아
그 정기 우아함으로 날개 달고 날으네.

선교사

정다운 고향 떠나 복음의 말씀 들고
하늘길 텃밭 일궈 푸른 꿈 열매 맺어
한평생 사랑의 열정 향기 펼쳐 날은다.

사랑은 언제나 오래참고 사랑은 언제나 온유하며
사랑은 시기하지 아니하며 자랑도 교만도 아니하며
사랑은 나의 교만치 않고 자기의 유익을 구치 않고
사랑은 성내지 아니하며 진리와 함께 기뻐하며
사랑은 모든것을 참좌주며 바라고 믿고참아버며
사랑은 영원토록 변함없네 믿음과 소망과
사랑중에 그중에 제일은 사랑이라

그림도린서 사랑장 최원 유상엄

오늘의 詩選集 제1권

화장을 지우며
강만순 지음 / 144면

오늘의 詩選集 제2권

또 한 번 스무 살이 되고 싶은 밤
김숙희 지음 / 160면

오늘의 詩選集 제3권

사랑의 빈자리 될까 봐
박완규 지음 / 144면

오늘의 詩選集 제4권

유모차 탄 강아지
김미경 지음 / 112면

오늘의 詩選集 제5권

이 환장할 봄날에
신점식 지음 / 176면

오늘의 詩選集 제6권

작아지고 싶다
주경희 지음 / 176면

오늘의 詩選集 제7권

가을은 어디나 빈자리가 없다
전금희 지음 / 176면

오늘의 詩選集 제8권

쓸쓸함에 대하여
이후남 지음 / 176면

오늘의 詩選集 제9권

바람이 열어 놓은 꽃잎
문재규 지음 / 220면

오늘의 詩選集 제10권

단 한 번 사랑으로도
이호근 지음 / 176면

오늘의 詩選集 제11권

할 말은 가득해도
최승벽 지음 / 176면

오늘의 詩選集 제12권

비밀 일기
박봉은 지음 / 176면

오늘의 詩選集 제13권

꽃만 봐도 서러운 그날
한실 문예창작 동인지 제8집

오늘의 詩選集 제14권

마냥 좋기만 한 그대
최기숙 지음 / 176면

오늘의 詩選集 제15권

풀꽃향 당신
김영순 지음 / 176면

오늘의 詩選集 제16권

유리인형
박봉은 지음 / 176면

오늘의 詩選集 제17권

보고픔이 자라고 자라서
한실 문예창작 동인지 제9집

오늘의 詩選集 제18권

첫사랑
김부배 지음 / 176면

오늘의 詩選集 제19권

나는 매일 밤 바람과 함께 사라진다
박덕은 지음 / 240면

오늘의 詩選集 제20권

오늘도 걷는다
유양업 지음 / 176면

오늘의 詩選集 제21권

내 사람 될 때까지
전춘순 지음 / 176면

오늘의 詩選集 제22권

처음 사랑
한실 문예창작 동인지 제10집

오늘의 詩選集 제23권

당신에게·둘
박봉은 지음 / 176면

오늘의 詩選集 제24권

그 누가 다녀간 것일까
전금희 지음 / 206면

오늘의 詩選集 제25권

한 잔 술에 가둘 수 없어
이후남 지음 / 164면

오늘의 詩選集 제26권

그리움 머문 자리
이인환 지음 / 176면

오늘의 詩選集 제27권

사랑의 콩깍지
김부배 지음 / 176면

오늘의 詩選集 제28권

사랑은 시가 되어
최길숙 지음 / 176면

오늘의 詩選集 제29권

그리움이라서
이수진 지음 / 176면

오늘의 詩選集 제30권

그리움 헤아리다
배종숙 지음 / 176면

오늘의 詩選集 제31권

아직 끝나지 않은 이야기
장헌권 지음 / 176면

오늘의 詩選集 제32권

마냥 좋아서
한실 문예창작 동인지 제11집

오늘의 詩選集 제33권

그리움의 언덕에 서다
김부배 지음 / 176면

오늘의 詩選集 제34권

사찰이 시를 읊다
이수진 지음 / 176면

오늘의 詩選集 제35권

그대는 나의 누구인가
한실 문예창작 동인지 제12집

오늘의 詩選集 제36권

사랑은 감기몸살처럼
박봉은 지음 / 176면

오늘의 詩選集 제37권

그때는 몰랐어요
정주이 지음 / 176면

오늘의 詩選集 제38권

몰래 한 사랑
조정일 지음 / 192면

오늘의 詩選集 제39권

여백의 미학
한실 문예창작 동인지 제13집

오늘의 詩選集 제40권

이 환장할 그리움
김부배 지음 / 164면

오늘의 詩選集 제41권

지금도 기다릴까
유양업 지음 / 166면

한실 문예창작 동인지

한실 문예창작 동인지 제1집
『한꿈』

한실 문예창작 동인지 제2집
『한꿈』

한실 문예창작 동인지 제3집
『당신의 쓸쓸함은 안녕하십니까』

한실 문예창작 동인지 제4집
『목련은 흔들리고 있다』

한실 문예창작 동인지 제5집
『그래도 한쪽 가슴은 행복합니다』

한실 문예창작 동인지 제6집
『좋은 걸 어떡해』

한실 문예창작 동인지 제7집
『아직도 사랑인가 봐』

한실 문예창작 동인지 제8집
『꽃만 봐도 서러운 그날』

한실 문예창작 동인지 제9집
『보고픔이 자라고 자라서』

한실 문예창작 동인지 제10집
『처음 사랑』

한실 문예창작 동인지 제11집
『마냥 좋아서』

한실 문예창작 동인지 제12집
『그대는 나의 누구인가』

한실 문예창작 동인지 제13집
『여백의 미학』

오늘의 수필집 Series

오늘의 수필집 제1권

그곳 봄은 맛있었다
최세환 지음 / 288면

오늘의 수필집 제2권

바람 따라 구름 따라 별빛 따라
유양업 지음 / 288면

유양업 시인 작품집

유양업 시집

오늘도 걷는다
유양업 지음 / 176면

유양업 시조화집

지금도 기다릴까
유양업 지음 / 166면

유양업 수필집

바람 따라 구름 따라 별빛 따라
유양업 지음 / 288면